KB122960

죽편竹篇

죽편竹篇

서정춘 복간 시집

황금알

2012. 내 청춘 자화상

아 나의 농사는 참혹하구나

흑!

흑!

서정춘

차 례

竹

篇

30년 전
— 1959년 겨울

어리고, 배고픈 자식이 고향을 떴다

— 아가, 애비 말 잊지 마라
가서 배불리 먹고 사는 곳
그곳이 고향이란다

어린 꿈
— 대대포 언덕의 어린 날의 꿈

내가 가난한 농사꾼의 아이였을 때
어린 내게는 아직 일러 농사 일도 없어서
심심찮은 밥벌이로 남의 소나 먹이다가
언덕에 풀어져 잠이 든 꿈에
하늘을 파랗게 쳐다보는 사람을 보고
쫓아와 주는 학이 있었습니다
빨그랑 햇덩이를 머리에 찍어 달고
목청 터지게 울음 울어
소 있는 내 곁에
神같이 내려앉아 주었습니다
나는 소 고삐 말아 쥔 채
다락 같은 학을 타고 하늘 높이
소를 몰아 날아올랐었지만
내 황홀했던 어린 날의 가장 어린 꿈이 되고
어른이 된 지금도 그 꿈이 그리워
숨이 가빠오른 채 이 시를 씁니다

삐리 생각

난장 튼 날 뜬쇠 판쇠 뒤를 따라서
집 떠난 지 석달 열흘 우리 삐리야
땅재주도 한바탕 못 부릴 바엔
온다온다 말만 말고 빨리 오너라
땟국물에 빈말도 그냥 좋으니
내일 모레 가을 가고 찬바람 몰아치면
우리 삐리 겨우살이 어찌 할꺼나
가을볕이 바람 속에 따갑게 흔들리면
없는 소리 징소리도 빈 귀에 헛들리고
삐리 또래 아이들이 알대추를 따 내는 짓거리만 봐도
있도 없는 찬바람에 등골이 오싹하고
그러더니 사나흘을 코감기로부터
싫고도 짜릿한 재채기를 쏟으며
우리 삐리 오기를 마냥 그리니
눈부시게 설쳐 대는 가을 햇살 등쌀에
뻘그니 막물 든 늦대추 몇 알도
삐리 돌아오기를 거들어 줬다

가뭄타령

하늘은 독약같이 멀어 버렸다
어느 무덤을 파고
어느 빈 항아리를 묻어야 비가 오려나
아트홀 호암 콜렉션에 틀어박혀서
목이 마르다 실토를 하듯
금이 쩍쩍 가고 있는
청화백자운용문항아리
이것을 훔쳐서 묻어 주면
비구름을 몰고 청룡은 날고
청화백자난국문항아리
이것을 묻어 주면
물 먹는 山野에 난초는 도로 푸르고
野菊은 필까 말까
아즐타, 乾坤 삼천리가
푸르 靑이리

허수아비

자식놈들
서울로 빼앗긴
논에

우리 아버지랑
우리 논에
힘이 되는
서로
우리 아버지

소릴 지른 아버지와
손만 쳐든 아버지의
쫓긴 참새 떼

자식놈들
서울로
빼앗긴
논에

민들레

바람 붕붕 뜨는 날
언덕 밑에 숨어서
거기 사는 햇볕들과
봄날을 울어 울어
민들레꽃 민들레꽃이
나보담은 슬퍼서
온몸으로 풀씨알을
바람 속에 풀고 있다
눈썹 뽑힌 아픔으로
터럭 빠진 절망으로
하늘과 땅 사이를
미친 듯 가고 있다

和音

햇볕이 질화로처럼 따뜻한 봄날이다

일전, 쑥밭골 미나리꽝에서는 새순 돋아 일어나는 미나리의 연약한 힘에 받쳐 살얼음 바스러지는 소리가 사금파리처럼 반짝거리다가 홰를 치는 장닭울음 소리에 채여 지리산 화개골쪽으로 사라지는 화음이 멀기도 멀었다

낡은 집 돌각담에 등을 대고 오돌오돌 앉아서 실성한 듯 투덜거리는 저 홀할머니의 아들 하나는 빨치산이었음을 나는 알고 있다

竹篇 · 1
— 여행

여기서부터, — 멀다
칸칸마다 밤이 깊은
푸른 기차를 타고
대꽃이 피는 마을까지
백 년이 걸린다

竹篇 · 2
— 工法

하늘은 텅 빈 노다지로구나
노다지를 조심해야지
조심하기 전에도
한 마디 비워 놓고
조심하고 나서도
한 마디 비워 놓고
잣대 눈금으로
竹節 바로 세워
허허실실 올라가 봐
빈 칸 딛고
빈칸 오르는
푸른
아파트 工法

竹篇 · 3
─ 님

사월 초파일은 오신 님의 날이외다
오늘은 대나무조차도 오신 나의 님이외다
하늘 꼭대기까지 마디마디 들숨으로 닿아 오르다가 이
윽고 안으로 구부리며 날숨을 비워 내린 님이 외다
마치, 바람을 잡아당기듯 虛心을 탄 나의 님

반동그란 활 모양의 禪모양이외다

균열

내 오십 사발의 물사발에
날이 갈수록 균열이 심하다

쩍쩍 줄금이 난 데를 불안한 듯
가느다란 실핏줄이 종횡무진 짜고 있다

아직 물 한 방울 새지 않는다
물사발의 균열이 모질게도 아름답다

동행

물돌물 돌물돌
물이 흘러갑니다

함께 가자
함께 가자

어린 물이 어르며
어린 돌을 데불고 흘러갑니다

모래무덤 끝으로
그리움으로

이슬 보기*

나는 이슬방울만 보면 돋보기까지 갖고 싶어진다
나는 이슬방울만 보면 돋보기만한 이슬방울이고
이슬방울 속의 살점이고 싶다
나보다 어리디어린 이슬방울에게
나의 살점을 보태 버리고 싶다
보태 버릴수록 차고 달디단 나의 살점이
투명한 돋보기 속의 샘물이고 싶다
나는 샘물이 보일 때까지 돋보기로
이슬방울을 들어 올리기도 하고 들어 내리기도 하면서
나는 이슬방울만 보면 타래박까지 갖고 싶어진다

* 舊題 : 草露

接石

내 눈부신 젊은 날은
고욤나무 생감만큼 떫었더니라

자그마치 나이 들고
섬뜩섬뜩 껍질도 잦아지면서
나이 든 저승 나비
허깨비도 더러 보았지만

清川里 강물 앞
돌밭나루 큰 돌 앞에 눈인사를 하고
물 건너로 혼불처럼 날아간
저승 나비 눈치도 먼 발치로 보며
가까스로 그 돌 앞에
여물이 들더니라

이제는 기쁜 일로 천년을 살더라도
금이나 은같이는 빛나지 말자

눈먼 돌 귀먼 돌에
살붙이 혈육으로 접을 붙으면
캄캄한 그 안에서
모래알이 보이지
모래알을 적시는 물소리도 들리지

돌 속에
내 마음 놓아 버렸으니

늦꽃

들국화는 오래 참고
늦꽃으로 핀다
그러나
말없이 이름 없는
佳人 같아 좋다
아주 조그맣고
예쁘다
예쁘다를 위하여
늦가을 햇볕이
아직 따뜻했음 좋겠는데,
이 꽃이
바람의 무게를 달고
홀린 듯 사방으로 흔들리고 있다
이 꽃이
가장 오랜 늦꽃이고
꽃이지만 중생 같다

雨中

※
내 몸의 앞사귀
두 귀때기
빗소리 얻으러 귀동냥 가고 있다
귓속으로 귓속으로
귀동냥 가고 있다

※
비오는 날은
떠돌이
빗소리를 아느냐
빗소리 따라다닌
슬픈 귀동냥

※
세상은 빗소리로 가득하고
문득 나만 없다

鶴 접기

혼자 놀던 아이가
마음을 접듯 기도라도 하듯
백지를 납작납작 접어 줍니다
백지도 그의 손을 접어 줍니다

그의 손은 이따금 귀떨어진 鶴 울음소리를
가까운 하늘로 놓쳐 버린 모양입니다

그러나 아까부터
하늘을 파랗게 쳐다보는
그 아이 옆에
울 듯 울 듯 서 있는 어린 鶴입니다

옛날에 鶴은
사람을 등에 태우고
기울기울 하늘에서 내려왔다가
神같이 좋게 날아올랐을 것입니다

단풍놀이

여러 새가 울었단다
여러 산을 넘었단다
저승까지 갔다가 돌아왔단다

어느 밤중

어느 밤중 소리 없이
큰 눈 내릴 때
뒷산 기슭에서
기어코 잔가지 부러지는 소리
참 안타까운 상실 아니더냐

戱畵

오막살이 지붕 위의
여름 하늘 낮달이
속을 환히 들여다보는
고양이처럼
쥐도 새도 모르게
꿈만 꾸고 있다
제 몸의 꿈 속까지 기어오르는
박넝쿨을 샅샅이 읽어 보고 있다
박넝쿨에 새로 핀
바보 같고
냄새 좋은 박꽃이
꿈에 흰쥐가 되는 것을
낮달은 코에 대고
그지없이 졸고 있다
졸고 있다

빈 집

누가 살다 비웠을까
비운 순간, 내부로부터
가볍게 기울다 만
오두막집 하나, 그 빈 집에
젊은 제비 부부 한쌍 날아와
기울다 만 반대쪽 처마 밑에
새 집 붙여 살고 있다
生色깨나 떨지만
아름답구나
이 몸 들어가
한평생 살고 싶다
제비한테 흥정하면
이제 와서 들어 줄까

너에게

— 여하시편

애인아
우리가 남 모르는 사랑의 죄를 짓고도
새빨간 거짓말로
아름답다 아름답다 노래할 수 있으랴
우리가 오래 전에
똑 같은 공중에서 바람이거나
어느 들녘이며 야산 같은 데서도
똑 같은 물이고 흙이었을 때
우리 서로 옷 벗은 알몸으로
입 맞추고 몸 부비는 애인 아니었겠느냐
우리가 죄로써 죽은 다음에도
다시 물이며 공기며 흙이 될 수 없다면
우리 여기서부터 빨리 빨리
중천으로 쏘아진 화살로 달아나자
태양에 가려진 눈부신 과녁이
허물없이 우리를 녹여 버릴 테니

戀歌
— 여하시편

저 향기
암내를 풍기는
애인의 향기
응큼한 향기
라일락 향기

명태
— 박정만에게

즐겁다 명태는 두들겨 맞을수록
빼빼마른 독기가 자근자근 풀린다
매 맞지 않고 살맛이 난
온전한 명태는 세상에 없다
매도 맞아 본 놈이 잘 맞지만
술독을 품은 자의 앙심 앞에
박살나기 바란다 거듭 바란다
그러나 소리친다 국냄비 속에서
명태 한 마리가 전체 바다를
질풍노도로 끓여 올린다 언젠가
알코올 중독자의 遊泳을 꿈꾸면서

蘭

난을 기르듯
여자를 기른다면
오지게 귀 밝은
요즘 여자가 와서
내 뺨을 치고서
파르르르 떨겠지

사과깎기

사과를 깎는 일만 능사가 아니다
이것 봐라 이것 봐라
니켈 나이프를 번쩍번쩍 핥으며
즐거운 노래가 기어나오고 있어
과향을 풀어 주는 눈먼 꽃뱀 한 마리

과육을 갈라 보면
꽃뱀의 눈깔이
씨방 속에 처박힌다

파 버릴까
말까
향스러운
致死量을.

虛

푸른 청 하늘입니다
우산살만 남아 있는
낡은 거미줄입니다
하루 종일 비 맞아도
젖지 않는 우산입니다
나 여기 서 있다가
나 한 자루 우산대입니다

貧者의 돌귀

그대는 귀가 멀어
멀고도 멀어
섬처럼 멀리서
어느 귀로 듣겠는가
독약같이 멀어 버린 돌귀를 가진
먼 귀로 들으면 아즉하리라

그대 淸寒의 물독 같은 마음이
굽 높은 물소리의 獨行千里와
저 돌 속의 고요 끝에 그득 닿아서
거기서부터 흐르는지
得音의 물소리로 물길을 트고
듣는 귀 밖으로 엎질러지고 있다

물소리만 남기면서
물소리도 비우는지

다른 감나무

감나무 한 그루와
서 있는 사람이
비슷하게
단물이 들어 보인다
단물이 듬뿍 든 감나무가
양달쪽의 한 가장이를 골라
서서히 놓아 주고 있다

서 있는 사람의
손에게로 가서
들려지고 있다
감나무의 한 가장이가
사람의 손에게로 가서
주렁주렁 감을 달고
다른 감나무가 되어
가을 시내로 걸어가는 것을
보았다

돌의 시간

　자네가 너무 많은 시간을 여의고 나서 그때 온전한 허심으로 가득 차 있더라도 지나간 시간 위로 비가 오고 눈이 오고 바람이 세차게 몰아쳐서 눈을 뜰 수 없고 온몸을 안으로 안으로 웅크리며 신음과 고통만을 삭이고 있는 그동안이 자네가 비로소 돌이 되고 있음이네

　자네가 돌이 되고 돌 속으로 스며서 벙어리가 된 시간을 한 뭉치 녹여 본다면 자네 마음 속 고요 한 뭉치는 동굴 속의 까마득한 금이 되어 시간의 누런 여물을 되씹고 있음이네

나비祭

나비가 한 마리 나에게로
수만 마리의 몸짓을 버리고 버리면서 나에게로
잃어버린 꽃밭 길도 잃어버린 手話도 도로 찾아 나에
게로
빨리빨리 날아오니 낙화유수입니다

꽃밭에 든 내 마음의 향기가
나비를 한 마리 맞이합니다

나비는
천사가 백지로 날개를 오려 줄 때
그 가위질 소리도 한 소절 가지고 날아옵니다

나비는
천사가 손거울에 햇볕을 담아 요리조리 비춰서
나에게로 한 마리 지어 보내 준 것입니다

나비는
다 자란 내 마음의 향기 위에

날개를 한 번 접힌 백지입니다

나비는
꽃 뿌리의 땅 속에서 대장장이가
연거푸 불어 올린 풀무질에
귀가 밝은 불꽃으로 나불거립니다

나비는 연금술을 꿈꾸기 시작하는 백지의 은유입니다

봄 · 밤 · 비

봄밤에 비가 오면
마당 가 꽃밭에서
작년에 못다 핀 꽃나무의 그림자들이
물에 젖은 머리칼을 풀어뜨리며
제 발등을 촉촉히 적셔 주고 있고

봄밤에 비가 오면
세상 모르고
잠 깊은 여자여
그대 풀빛으로 무르녹은 몸퉁을 뒤져
밤새도록 풀냄새를 맡아 봐야겠고

봄밤에 비가 오면
빗소리를 가차이 귀에 듣는
사람도 빗물처럼
흙 속으로 젖어들고
뿌리가 허옇게 내린 잠 좀 자야겠다

목련에서

내가 어느 여울물 자갈바닥을 차오르고 차오르는 허공에서 꿈을 깨다 말면 누가 저 빈 터의 온전한 무풍 속에 그대 일생을 꽃봉지 놓아 두었으되 내 그곳에서 심혈을 기울이고 있는 틈을 타고 어디서 아무 것도 아니고 꽃도 아닌 아마도 銀魚 떼의 한 통속들이 허이연 神韻으로 몰려와 있음이뇨

잠자리 날다

아세요
빠른 힘을 가지고
눈에
귀를 듣는
별소리
부스러기 리듬인지
모시빛깔
물 맛 나는
翅果빛깔인지
아세요
나는 일이
슬픈 일인지
빼빼 마른 기분에
고비사막에서
물을 뜨는
참 시원한 것인지
아세요
바람 맛에
힘이 자란

한 마리
악기라고 불러 놓고
리듬을 쓰는
글자인지
아세요

갈대
— 여하시편

누가 누구를 사랑했던가 지금은
저만큼 혼자뿐인 그녀의 생
몹시 흔들리는 바람둥이 나에게
모가지가 꺾여져 하얗게 웃네
허리가 꺾여져 하얗게 웃네

해설

곧고 매디가 있는 대나무 같은 시편들

신 경 림(시인)

　　나는 서정춘과 특별한 인연을 가지고 있다. 내 첫 시집 『農舞』를 나오게 해 준 것이 바로 서정춘이다. 자비출판이라고 하지만, 실제로 서정춘이 자기 돈 들여 뛰어다니면서 만들어 주지 않았던들 그 시집은 나오지 못했을 것이다. 인연은 그뿐 아니다. 우리는 같은 직장에서 5년을 함께 일했는데, 부서가 달랐는데도 나는 그 직장을 늘 서정춘과 함께 기억하고 있다. 그와 가장 많은 얘기를 주고 받았기 때문이다. 그는 그 얼마 전 신춘문예를 통해 시단에 나와 있었다. 처음 내가 그를 대수롭지 않게 여겼던 것은 그에게 신인으로서의 정열 같은 것이 결여돼 보여서였다. 그는 거의 시를 발표하지 않았고 발표할 생각도 않는 것 같았다. 그러나 얼마 아니 해서 나는 그가 신작, 구작을 불문하고 거의 안 읽는 시가 없음을 알게 되었다. 시를 보는 예리한 안목을 가지고 있다는 사실도 알았다. 이래서 우리는 자주 시얘기로 어울리게 되었는데 내가 시를 발표할 때마다 꼼꼼히 읽고 장점과 문제점을 지적할 때는 그가 두렵기도 했다. 그 무렵 나는 신문과 잡지에 시월평 비슷한 것을 쓰는 일이 많았는데, 그의 의견을 참고한 일이 한두 번이 아니다. 내가 미처 읽지 못했던 것을 그가 찾아다 주어 읽고 비평의 대상으로 삼았던 작품도 여러 편이다. 나는 종종 그토록 시를 잘 아는 그가 자주 시를 발표하지 않는 것이 안타까워, 그 까닭을 추궁하기도 했지만, "아직 공부가 모자라는 것 같아요." 이것이 한결같이 그로부터 들을 수 있는 대답이었다. 시란 쓰면서 공부하고 공부하면서 쓰는 것이 아니겠느냐는 내 상투적인 반론에는 한 선배 시인을 빗대어 자기의 시관을 털어 놓았다. "그렇게 설사하듯 시를 쓴다면 나도 못할 것 없지요. 그렇지만 그 양반의 천 편의 시가 함형수의「해바라기의 비명」한 편을 당하지 못한다는 것을 아는데 어떻게 함부로 시를 쓰겠습니까. 더 공부해서 쓸 생각이에요." 안고수비眼高手卑라는 말을 들어, 시는 미련해야 쓰지 그러다가는 한 편도 쓰지 못하게 된다고 내가 우려하면 그는 대답했다. "그래도 할 수 없는 거지요." 이것이 25, 6년 전 얘기인데, 실제로 나는 그 동안 그의 시를 문예지에서 두세 번 보았을 뿐이다. 그 시들은 역시 서정춘이라는 감탄을 자아낼 만하게 훌륭했는데, 시에 관한 한 그 같은 지독한 구두쇠를 나는 달리 본 일이 없다. 게을러서였다면 또 모르지만, 그는 천성적으로 부지런한 사람으로 시에 대해

서도 예외가 아니다. 한때 돌(수석)에 열중한 일도 있었
지만, 이 또한 필시 그 나름으로의 시 공부 길이었음을
나는 안다.

 시단에 나온 지 28년만에 시집 하나가 없다니, 나오기
가 무섭게 두 권, 세 권 시집을 쏟아 놓은 우리 풍토에서
참 놀라운 일이다. 이 첫 시집에 실린 시도 겨우 35편,
한 해에 한 편을 썼다는 얘기가 된다. 무조건 많이 쓰고
보자, 그래서 비슷비슷한 내용과 형식의 시들을 그의 말
마따나 설사하듯 쏟아 놓아 시공해를 낳고 있는 판에 그
의 시에 대한 엄격주의, 인색주의는 차라리 신선하게 받
아들여진다. 더구나 이 시집을 보면서 기쁜 것은 그가
시를 가지고 인색을 떤 것이 다 까닭이 있었구나 느껴지
는 시 편이 하나둘이 아니기 때문이다. 또 하나, 아무것
을 들춰 보아도 크게 빠지는 작품이 없다. 공자가 『詩經』
을 요약해서 한마디로 말한 '思無邪'가 그의 시의 특질을
말해주고 있다는 점은 그의 시가 동양적 시관에 투철하
다는 뜻도 되리라.

     나는 이슬방울만 보면 돋보기까지 갖고 싶어진다
     나는 이슬방울만 보면 돋보기만한 이슬방울이고
     이슬방울 속의 살점이고 싶다
     나보다 어리디어린 이슬방울에게
     나의 살점을 보태 버리고 싶다
     보태 버릴수록 차고 달디단 나의 살점이

투명한 돋보기 속의 샘물이고 싶다
나는 샘물이 보일 때까지 돋보기로
이슬방울을 들어 올리기도 하고 들어 내리기도 하면서
나는 이슬방울만 보면 타래박까지 갖고 싶어진다
─「이슬 보기」 전문

돋보기를 통한 이슬방울과의 교감, 이슬방울로의 귀의, 샘물로의 승화 연결 등이 보탤 데도 깎을 데도 없는 극도로 아낀 말을 통해 그려진 시다. 돋보기가 타래박으로 바뀌는 대목도 재미있다. 이 시를 읽으면서 단단한 돌을 끌로 쪼는 시인의 모습을 연상하는 것은 비단 나 하나만이 아니리라. 그러나 이 시의 더 큰 미덕은 절대 순수를 지향하는 그 맑고 깨끗한 시점에서 찾을 수 있을 것이다. 어리디어린 이슬방울에게 나의 살점을 보태 버리고 싶다는 생각은 삿됨이 없어서 비로소 가능한 것이다. 돋보기로 이슬방울을 들어 올리기도 하고 들어 내리기도 한다는 감각적인 표현도 주의를 요한다. 이 감각적 표현이야말로 그의 시의 활력의 동력이 되고 있기 때문이다. 이 감각적인 표현이 그의 시에서 얼마나 큰 비중을 차지하는가는 다른 시를 읽어도 쉽게 알 수 있다.

사과를 깎는 일만 능사가 아니다
이것 봐라 이것 봐라
니켈 나이프를 번쩍번쩍 핥으며

즐거운 노래가 기어나오고 있어
과향을 풀어 주는 눈먼 꽃뱀 한 마리

과육을 갈라 보면
꽃뱀의 눈깔이
씨방 속에 처박힌다

파 버릴까
말까
향스러운
致死量을.

－「사과깎기」 전문

  물론 이 시는 문면에 나타나 있는 현상만을 읽게 하지
는 않는다. 성적 상징과 성행위의 은유를 읽는 독자도
없지 않을 것이다. 가령 니켈 나이프를 번쩍번쩍 핥으며
기어나오는 즐거운 노래가 "과향을 풀어 주는 눈먼 꽃
뱀" 또는 "꽃뱀의 눈깔이/ 씨방 속에 처박힌다" 같은 이
미지로 환치되어 그 이상의 것을 상상하게 함으로써 이
시를 읽는 즐거움을 배가시킨다. 그리고 이 표현이 생명
력을 획득하는 것은 그 감각적 표현에 따른 것이다. 뒤
두 연의 얄미우리만큼 날씬한 끝맺음도 눈여겨 읽을 필
요가 있다.
  그러나 그의 시에서 더 많이 대나무를 연상하는 것도
이상할 것은 없는 일이다. 그것도 굵은 마디가 있는, 삶

의 아픈 그루터기를 많이 꿀어안은 그러한 대나무 말이
다. 「竹篇」이라는 뛰어난 세 편의 연작시가 있기도 하다.

> 여기서부터, ─ 멀다
> 칸칸마다 밤이 깊은
> 푸른 기차를 타고
> 대꽃이 피는 마을까지
> 백 년이 걸린다
>
> ─「竹篇·1─여행」 전문

　아마 이 시인은 밤차를 보면서 시상을 얻었으리라─어
쩌면 저 차는 지금 내가 나서 자란 대꽃이 피는 마을을
향해 가고 있는지도 모른다. 저 차 속에는 고향 사람들
도 있겠지, 아니면 저 속의 사람들의 삶도 내 고향 사람
들의 삶이나 마찬가지로 고달프리라, 그러고 보니 저 기
차가 꼭 마디가 있는 대나무를 닮았다……. 기차와 대나
무, 그 기차 속의 고달픈 삶과 대꽃이 피는 마을의 삶의
배합과 대비가 절묘한, 그의 솜씨가 유감없이 발휘된 시
다. 한층 한층 올라가는 아파트의 공정에서 한 마디 한
마디 자라는 대나무를 연상하는 "조심하기 전에도/ 한
마디 비워 놓고/ 조심하고 나서도/ 한 마디 비워 놓고"
라고 한 「竹篇·2─工法」은 그의 삶의 철학을 짐작케 하
는 것이어서 흥미롭다. 한편 「단풍놀이」 같은 시도 대나
무가 실마리가 되는 여러 상상을 불러일으킨다면 지나

친 생각일까.

> 여러 새가 울었단다
> 여러 산을 넘었단다
> 저승까지 갔다가 돌아왔단다
>
> ―「단풍놀이」 전문

가령 이 시는 남도의 어느 대꽃 피는 마을을 상상하게
한다. 험난한 세월을 오래 견디면서 꿋꿋하게 살아온 한
늙은이를 상상하게 한다. 반듯한 돌담과 집 뒤로 우거진
대숲을 상상하게 한다. 다시 한 편을 더 읽어 보자.

> 내 오십 사발의 물사발에
> 날이 갈수록 균열이 심하다
>
> 쩍쩍 줄금이 난 데를 불안한 듯
> 가느다란 실핏줄이 종횡무진 짜고 있다
>
> 아직 물 한 방울 새지 않는다
> 물사발의 균열이 모질게도 아름답다
>
> ―「균열」 전문

이것을 물사발만의 얘기로 읽는 독자는 없을 것이다.
"날이 갈수록 균열이 심"한 것은 누구의 눈에도 시인 자
신의 모습으로 읽힌다. 또한 "가느다란 실핏줄이 종횡무

진으로 짜고 있"으면서도 "물 한 방울 새지 않"음으로써 이 자화상은 그의 시가 대나무의 이미지를 갖는 데 몫을 한다. 「雨中」도 아름다운 시다.

> ※
> 내 몸의 앞사귀
> 뒤 귀때기
> 빗소리 얻으러 귀동냥 가고 있다
> 귓속으로 귓속으로
> 귀동냥 가고 있다

> ※
> 비오는 날은
> 떠돌이
> 빗소리를 아느냐
> 빗소리 따라다닌
> 슬픈 귀동냥

> ※
> 세상은 빗소리로 가득하고
> 문득 나만 없다

　비 오는 날의 이상한 막막함, 허전함, 쓸쓸함을 이렇게 잡아 낸 시가 과연 우리 시에 몇 편이나 될까.
　이제 서정춘도 나이 오십을 훌쩍 넘어섰다. 더 좋은

시, 더 알찬 내용 하면서 기다릴 시간이 없다. 이 시집을 계기로 더 많이 써서, 다음 번엔 좀더 두둑한 시집을 내게 되었으면 좋겠다.

황금알 시인선

황금알 시인선 266

죽편竹篇

초판발행일 | 2023년 5월 19일

지은이 | 서정춘
펴낸곳 | 도서출판 황금알
펴낸이 | 金永馥
주 간 | 김영탁
편집실장 | 조경숙
표지디자인 | 칼라박스
주소 | 03088 서울시 종로구 이화장2길 29-3, 104호(동숭동)
전 화 | 02)2275-9171
팩 스 | 02)2275-9172
이메일 | tibet21@hanmail.net
홈페이지 | http://goldegg21.com
출판등록 | 2003년 03월 26일(제300-2003-230호)